神山行旅

刘 毅 著 ◀

中国书籍出版社
China Book Press

图书在版编目（CIP）数据

　神山行旅 / 刘毅著 . —北京：中国书籍出版社，
2019.4（2024.4重印）
　ISBN 978-7-5068-7280-5

　Ⅰ . ①神… Ⅱ . ①刘… Ⅲ . ①诗集－中国－当代
Ⅳ . ① I227

中国版本图书馆 CIP 数据核字（2019）第 080196 号

神山行旅

刘　毅　著

图书策划	成晓春　崔付建
责任编辑	邹　浩
责任印制	孙马飞　马　芝
出版发行	中国书籍出版社
地　　址	北京市丰台区三路居路 97 号（邮编：100073）
电　　话	（010）52257143（总编室）（010）52257140（发行部）
电子邮箱	eo@chinabp.com.cn
经　　销	全国新华书店
印　　刷	三河市华东印刷有限公司
开　　本	880 毫米 ×1230 毫米　1/32
字　　数	70 千字
印　　张	6.75
版　　次	2019 年 6 月第 1 版　　2024 年 4 月第 2 次印刷
书　　号	ISBN 978-7-5068-7280-5
定　　价	68.00 元

目录 / Contents

阿育王塔

云台三十六景之一
古塔穿云
一句老话
说了多少年

浮屠九级八面
恍若从天而降
斑驳的塔砖
记录着历史的沧桑
巍峨的海清寺
展示着盛世的荣光
地宫中的金棺银棺
和那枚珍贵的佛牙舍利子
绽放着佛教的辉煌

历经战火地震和岁月的侵蚀

为什么仍是根深蒂固
千年古塔不倒
直插云霄
任云起云落
看朝日夕阳

巍巍阿育王塔
犹如一位倔强的老人
迎风而立
堂堂正正
不卑不亢

大圣湖

有青山的地方就有绿水
不知孙大圣是否还记得
花果山下
这一泓湖水
据说这湖水的源头在水帘洞
因此水面仙气重重

孙大圣是一个热爱家乡的人
动不动就跑回老家
寻找那一份乡愁
天宫那么多的山珍海味
也要打包带回花果山
让徒儿们享用
哪怕冒犯天条的严威
何惧玉皇大帝的怒容

如今的大圣湖畔
多了几家飘香的鱼馆
每条鱼硕大无比
鱼肉是那么鲜嫩

厨师们总是神秘地说
那可不是普通的鱼
那是大圣捉来的鲤鱼精

高老庄

原是普通的小小庄院
却让一个人朝思暮想
孙悟空是花果山
沙和尚是流沙河
猪八戒是高老庄
都是梦里故乡

一路跋山涉水
酸甜苦辣皆尝
九九八十一难
降妖除怪真忙
始终能够初心不改
全靠乡愁难忘

曾经见义勇为
八戒立功受奖

念念不忘高小姐

不忘高老庄

看似又粗又笨

其实儿女情长

只要此心有寄

胸中永远一片朝阳

猴 石

花果山下
有一个小镇叫猴嘴镇
有一座小山叫猴嘴山
山上蹲着一只无臂石猴
神气十足
尖嘴猴腮
惟妙惟肖
活灵活现
多少游人慕名而来
啧啧惊叹

山下曾经是汪洋大海
风起云涌
波浪涛天
传说总是那么神奇
敲一敲石猴手臂能得遂所愿

一位贪心石匠爬上山头
竟将手臂连根凿断
刹那间地动山摇
海水倒灌
波涛汹涌
沉没了山下的石花县

无臂的石猴警示着后人
贪欲
即是灾难

鸡鸣山

鸡鸣山不高
在花果山群峰中
显得特别矮小
山小故事却很多
山里人津津乐道

曾经有对姑嫂
比赛修一条上天的通道
一天内完成
截止时间是金鸡报晓

整整干了一天
小姑还没修好
眼见嫂子快完工
赶忙学鸡叫
嫂子只好自叹不如

小姑妙计讨了巧

两条上天路
一个是阿育王塔
一个是十八盘山道
花果山著名两个景点
背后的故事更奇妙

老君堂

那一天老君堂里杳无人迹
那一天炼丹炉里炉火正旺
醉意朦胧的孙悟空
偷吃了玉帝的仙丹
踹坏了太上老君的炉膛
引来凶神恶煞天兵天将
被关进丹炉四十九天
差点把小命丧

奋斗者总会有收获
从此悟空便长生不老
炼成火眼金睛一双
任凭妖怪千变万化
识破魑魅魍魉

老君堂里犯下弥天大错

老君炉里练就人生志向

一根铁棍走天下

扫荡人间不平事

敢问路在何方

三不猴

在花果山门口
有很多三不猴
一只捂耳
一只掩嘴
一只蒙眼
样子十分滑稽
其中必有缘由

非礼勿听
非礼勿言
非礼勿视
原来是儒家的准则
孔子对弟子的要求

不听不说不看
对于猴子来说

根本就是无理要求
如果真能做到这样
哪里还有
无法无天的孙大圣
哪里还有
大闹天宫的快意恩仇

花果山上的三不猴
蹲在山门口
匆匆的游客没停留
他们要看的是
天不怕地不怕的真猴

山 门

山迢迢
水长长
花果山是孙悟空的家乡
一百零八只猴子迎客来
好一个盛大的阵仗

一条阶梯铺到天上
仙境风光好
美景山中藏
齐天大圣幡旗猎
齐寻觅
美猴王

山门气势雄
群峰风姿壮
四只雄狮踞四方

威风凛凛守门将
缘何不见虎踪影
俗话说
山中无老虎
猴子称大王

郁林观石刻

狮子岩下奇石多
纵横交错垒满坡
濯缨泉旁有石刻
书法瑰宝对镌磨

秋风冷
雨蒙蒙
携友同来飞泉村
郁林观下访先贤
坡陡路滑少游人

观残人杳无觅处
唯有石刻古到今
古藤乱草犹可辨
唐隶宋篆存遗风

李清照

赵明诚

一本《金石录》

伉俪二人费苦心

郁林观赫然书中列

惊煞天下人

阿耨达池

看似普通的一眼石泉
水清清
水浅浅
谁也看不上眼
佛经上却说
这是万水之源

花果山上的阿耨达池
池虽小却玄机无限
流出大江大河
流出湖水万千
世界何其大
池小天地宽

那一日石猴迸裂
美猴王横空出世

阿耨达池之水
洗净了他的容颜
从此他永远精神焕发
永远是个不老的
英俊青年

八戒石

大耳遮风避雨
猪嘴拱进草丛
细眯惺忪双眼
浑然一场长梦
也许是西游之路太过艰辛
一睡就是千年不醒

都说八戒又馋又懒
我谓八戒人间英雄
一柄八齿钯斗妖伏怪
保唐僧西天取经
忠心耿耿
儿女情长敢爱敢恨
哪像孙猴子不解风情

山上的二师兄仍在酣睡

山下的高老庄乱草深深

有一位女孩寂寞千年

恳请哪位客官

将梦中人唤醒

一颗不冷之心

正等待一场轰轰烈烈的爱情

大圣佛

也曾大闹玉帝天宫
也曾斗遍天上群雄
偷吃太上老君的不老仙丹
抢走阎王的生死簿本
如来佛掌心撒一泡尿
臊哄哄
无法无天的孙大圣
好一个天地英雄

自从随唐僧西天取经
唯唯诺诺
唯命是从
降妖伏怪常现逊色
求神求仙低眉顺眼
英雄本色全无
丝毫不见美猴王的雄风

终于得道成佛
坐享香火敬供
为何眼角
总掠过一丝不屑
莫非会有一天
还我一个王者归来的孙大圣

多宝佛塔

越过十八盘

跨过九龙桥

一座石雕佛塔

耸立半山腰

和阿育王塔相比

实在不算高

却有佛家一派万千气象

雕刻工艺精湛

玲珑精巧

曾经辉煌一时

一夜间竟又轰然坍倒

历史的烟云重重覆盖

山上有佛塔的传说

虚无缥缈

地宫发掘终于将答案找到
鎏金菩萨金光乍现
多宝塔下出土无数珍宝
更喜今又重塑塔身
花果山上阳光好
可是佛光普照

风门口

是铁扇公主扇出的罡风么
是黄风怪旋出的妖风么
或者，是孙大圣吹一把毫毛
吹出的那一股神风么
风门口
终日山风大作
吹得人们
魄散魂飞
寒意顿生

读罢了《西游记》
走进了花果山
风门口上狂风起
举首无人迹
群山处处藏妖怪
胆战又心惊

牙一咬

心一横

怕什么妖魔鬼怪

惧什么虎豹狼虫

十元钱买一根金箍棒

一路打上天宫去

学做孙悟空

古银杏

秋日花果山
姹紫嫣红别样妆
最是千年银杏树
树高参天
果实累累
片片金黄

庙台庭院
路旁崖上
花果山上古银杏
珍稀树种不寻常
珍稀不自矜
高贵不张扬
随处可见处处见
神山更添好风光

天风带雨来

寒云送凝霜

百树凋零无颜色

唯有银杏老犹壮

今日秋风劲

明朝更辉煌

拐杖柏

三元宫前古柏树

斜干逸枝

苍劲斑驳

树冠盘旋似龙头

喷云吐雾多

此树本是天上来

称作太白金星拐杖柏

那年大圣闹天宫

太白金星下界做说客

群猴蜂起撵老汉

慌不择路间

将那根龙头拐杖丢落

天长日又久

拐杖竟成活

郁郁葱葱枝叶茂

树龄有多少

谁也猜不破

三元宫前拐杖柏

太白金星说客的故事多

犹闻大圣一声喝

花言巧语不爱听

咱老孙就是这性格

怪石园

唐三藏矜持
白骨精妖艳
吠天犬凶猛
如来佛庄严
鬼斧天工神雕作
一片乱石名著掩

仙迹处处有
且行且细看
一不小心
踩了下山虎的尾巴
藤蔓中牵出
怀抱玉兔的婵娟
如来手掌上撒一泡尿
美猴王神气又活现

不敢高声语

四处都是仙

只需细细揣摩

莫说真假难辨

一部《西游记》

未能出此山

海宁禅寺

山中明月夜
禅房花木深
峰下藏古寺
青烟一缕升

流云遮不住飞檐斗拱
绿树掩不了雕梁画栋
山风传送着佛号梵音
石阶上飘拂着
袈裟的匆匆身影
钟几声
鼓几声
声声震人心

秋风紧
寒意浓

两棵千年古银杏
落叶纷纷
禅房功课催得紧
石阶上
一把扫帚冷

花果山猴

孙大圣的后代
美猴王的子孙
只只上蹿下跳
个个古怪精灵
敢占山为王无法无天
有孙悟空的遗传基因

水帘洞外挤眉弄眼
南天门中自由出行
唐僧崖上吃喝拉撒
如来像前旁若无人
没有齐天大圣的管束
都称花果山的主人

看似成帮结队
其实散兵游勇

唿哨一声来去无踪
群猴无首
才是个中原因
齐天大圣哪天归来
保证个个都是
上天入地的英雄

惠心泉

惠心泉水清
惠心泉水甜
喝了泉水能惠心
山泉润心田

禅房老和尚
悉心掘泉眼
一锄一镐费心力
诚心动地又感天
泉水汩汩涌
僧家乐开颜

小和尚
愚且顽
多调教
未见贤

常喝山泉水
佛经多习研
心窍终打开
学识无人攀
惠心泉水从此名
花果山上一奇观

金镶玉竹

花果山有多么神奇

连山上的竹子也非同一般

绿竿镶金

黄绿相间

一片翠竹中金光闪闪

多么奇妙的名字

金镶玉竹

一帧小小的邮票

将你的美名神州传遍

看似大富大贵

其实土生野长

风霜雪雨浑不惧

一缕山风

满山沙沙响

也曾移栽他乡
精心培植仔细养
或死或枯黄
缘由何在
小小竹子有气节
不离故乡

九龙桥

传说龙生九子
遇水而活
九条潺潺溪流
争从桥下过
龙腾白雾起
跌宕挂飞瀑
龙啸涛声急
击石愈磅礴
人在桥上心胆寒
飞魂魄

桥头老树壮
绿叶争婆娑
千年岁月费蹉跎
阅尽人间春色

九龙桥上观九龙

银杏树下捡白果

登山有艰辛

苦中有收获

九龙栈道

九龙汇聚九龙桥

九龙争相过

山中闻龙啸

一条栈道蜿蜒游

更似龙身水中绕

古树千万株

碧潭泊飞鸟

老枝横树干

修竹多窈窕

抬头不见日

斜阳光万道

栈道顺山下

风景更妖娆

花果山中多溪涧

青山还须伴水好

栈道一路行

山光水色两相映

水色倒比山光妙

聚仙桥

聚仙桥上得逍遥
上得逍遥瑞气飘
瑞气飘香花结彩
香花结彩聚仙桥

花果山上仙人多
仙人聚仙桥
香花铺满地
瑞气满山飘
好一首回文诗
桥畔立石为证
细品自逍遥

人在桥上走
水在桥下绕
巨石覆桥面

心惊胆儿跳

三步两步跨过去

有人传消息

仙人过来了

鲤鱼石

花果山上一块石头
形似一条鲤鱼
摇头又摆尾
十二分神奇

有一个姓徐的财主
看中这一块风水宝地
将祖坟迁来
却迟迟不见发迹
风水先生告诉他
龙门太高
鲤鱼跳不过去
必须修十八盘台阶
鲤鱼跳龙门毫不费力

徐财主听罢下定决心

花钱修石阶没有迟疑
哪知一年一年仍没发财
后来才知道其中谜底
修好的山路十八盘
鲤鱼全跳在盘子里

聪明的风水先生
其实别有用意
一条平整的山路
才是老百姓真正的福气

灵　泉

水帘洞中一眼清泉
据说直通海底龙宫
那年孙大圣找龙王借宝
从这里纵身跃下
抄近道一路畅通
回来时多了一件兵器
金箍棒在手
八面威风

这汪清泉神奇无比
大旱之年不干涸
大寒之年水不冻
那年兴建三元宫
木材上山路难行
无奈从海底泉眼浮上来
根根省力又省工

灵泉水清清

水平如明镜

凝神贯注细察看

一旦泉水泛花涟漪动

定会跃上孙悟空

美人松

花果山上一棵奇松
倔强又峥嵘
魁梧挺拔状似大汉
何以冠名美人

话说唐僧取经归来
掌管天下庙宇丛林
他将大松化为妙龄少女
考验和尚佛心

少女庙前久徘徊
惹得和尚凡心大动
一把抱住不撒手
定睛细看原是一棵松
刹那时幡然醒悟
从此闭门思过

苦心研读佛经

如今松死枝枯
只有一幅画像石
尚留松树的尊容
美人松下
导游讲解的兴高采烈
不知这故事的深意
几人能懂

墨香小径

一条小径
一缕墨香
一路龙飞凤舞
一路行草隶篆
书法大世界
别样好风光

小说《西游记》
人间奇文章
四大名著分天下
犹有美猴王
多少文人墨客
来到花果山下
叩拜吴承恩
谦逊少轻狂

一条墨香小径
文化长河流淌
花果山上游仙境
书海可徜徉
孙大圣的老家
并非处处刀光剑影
也有翰墨书香

南天门

守门的天兵天将
哪里去了
大闹天宫的美猴王
哪里去了
曾经仙乐缭绕的
玉帝宫阙
曾经衣袂飘飘的
摘桃仙女
都已随风飘散
仅留存于永恒的记忆

空留一座小小的拱门
几间蓬舍
尚有几级攀援而上的台阶
残存着一丝天门的
气派庄严

真的佩服作者的想象力
一座花果山的故事
让多少人魂牵梦绕
如今的吴承恩端坐山门之内
一丝得意的神色
从嘴角不经意的流出

蟠龙松

花果山上蟠龙松
曲枝折干气如虹
千年沧桑劲
昂首傲苍穹
人称东海丈人
史载东海大松

可惜多年以后
后人拜作神龙
香火千熏万燎
一朝焚火命终
千年神奇成幻影
世间再无蟠龙松

花果山上寻蟠龙
蟠龙只在此山中

空留石碑记往事

遍寻何处觅芳踪

都言蟠龙千般好

无奈一场梦

蟠桃园

天宫有个蟠桃园
原是大圣掌管
哪知偷吃仙桃
从此惹下事端

从此花果山上种蟠桃
大猴小猴忙翻天
春有桃花艳
夏有蟠桃甜
大圣有言在先
不为长生不老
只为吃个新鲜

走进蟠桃园
不见仙女步履飘飘
不见悟空枝头梦酣

园林工人忙浇水

烈日当空把枝剪

历经千辛万苦

方有枝头桃甜

何时大圣回老家

吃桃不要钱

屏竹禅院

绿竹森森如围屏
卓然一小院
数条绵鲤游弋
几株芭蕉正艳
月门通幽处
亭台挑飞檐
回廊曲折转
古木立参天
好一处江南庭园

院中坐
心神定
沏一壶云雾新茶
偷得浮生半日闲

也话天南地北

最好论经谈禅

有僧人匆匆走过

袈裟随风起

檀香一片

楸树林

高高的山峦之上
为什么出现
一片绿色的海洋
阵阵山风吹过
为什么听到
浪涛的喧响
高大的楸树林
以波澜壮阔的气势
给秀美的花果山
平添几分阳刚

楸树林
躯干笔直
挺拔粗壮
为桅杆而生
为大海而长

虽然矗立于群山之巅
大海才是真正的故乡

一片楸树林
一片桅杆林立
何时入海乘风破浪

如意金箍棒

龙王的看家宝贝
东海的定海神针
架不住孙悟空的连夺带抢
老龙王急的告上天庭
方知炫富不是好事
干脆送个顺水人情

与其私藏龙宫宝库
不如让悟空有件称手兵器
大闹天宫指哪打哪
西天取经尽显雄风
好一根金箍棒
打尽天下鬼神

斗战胜佛已成正果
空留这根金箍棒

孤零零

插在石海丛中

何时孙大圣一声唿哨

战天斗地仍是英雄

晒经石

西天取经之路有多难
取回了真经
还有一场劫难
通天河水深浪急
还要把师徒四人掀翻
谁也不能得罪
哪怕是性情温顺的老鼋

晒经石上晒经书
多年以后
那经书还依稀可辨
层层叠叠千卷万卷
怎么也不能晒干
终于那经书风化成石
不知唐三藏
带什么回的长安

花果山上的晒经石

谁人能识难懂得经文

还要看你

是否有缘

神字王

数百平方
一个字
神
这是花果山的地标
是《西游记》精华的浓缩本
让多少精灵古怪的故事
有了注脚
让花果山在吉尼斯大全
找到了一个地方栖身

站在群山之巅
远眺这个摩崖巨制
让我们在蓝天白云之间
浮想联翩
演绎一幕幕
孙悟空大闹天宫的场景

神话与真实
在这里交错
历史与现实
在这里相融

那么
一个"神"字
分明是穿越时空的
超级黑洞

十八盘

十八盘
难上难
盘一盘
喘十喘

进山的一段阶梯
是对游山者的考验
胆怯者望而却步
勇敢者奋力登攀
左一盘
右一盘
汗如雨下
腰疼腿酸
欲见仙山美景
难上难

不到长城非好汉
咬牙关
意志坚
冲上十八盘
风光更好看

石 鼓

一面石鼓
叩之有声
每当鼓声响起
山回谷应
鼓声激起人的斗志
鼓声抒发人的豪情

曾有天兵天将杀来
花果山上血雨腥风
好个孙大圣
擂起战鼓
群猴振奋
杀他一个天昏地暗
杀他一个地覆天翻
天地动
鬼神惊

如今花果山上

早已偃旗息鼓

但每当风雨如磐

电闪雷鸣

这里总是听到阵阵鼓声

咚咚

咚咚

水帘洞

飞流直下

水雾迷离

洞穴深深

风吹湿衣

满山蟠桃累累

美猴王在哪里

旗幡猎猎空飘飞

落叶遮盖了大王椅

游人如潮

喧闹似集

唯独不见

花果山主人的踪迹

仅有洞中一方泉眼

直通东海龙宫

尚留一丝

齐天大圣的气息

水帘洞前满眼都是
美猴王的子孙
谁还能有
勇闯水帘的豪气

唐僧崖

偌大一片石崖

隐约见唐僧

乱石拼成裂裟

眉眼更传神

疑是人工雕琢

却是鬼斧神工

花果山与唐僧缘

全凭吴承恩

唐僧本是海州人

《西游记》中说分明

状元父亲陈光蕊

生死不了情

花果山上团圆宫

相聚难相认

泪飞雨倾盆

人人都夸唐僧好

西天取真经

唐僧崖上神迹现

唏嘘多游人

娲遗石

女娲补天天澄净
此地空留娲遗石
高悬半空经风雨
仙胞只待迸裂时

既无树木遮阴
却有芝兰相衬
九窍叠八孔
孔孔仙气浓

天地一声惊雷炸
乌云压顶玉帝惊
金光烁烁处
地动山摇时
乱石满山飞
跳出了孙大圣

一部《西游记》
开篇见精神
娲遗石中猴王出
从此天宫不安宁

仙　砚

什么样的如椽之笔
才能用到这样大的石砚
什么样的豪情
才能将砚池里的
墨汁蘸满
莫非要写尽古今文章
莫非要写一部皇皇巨著
永传人间

吴承恩
一部小说《西游记》
四大名著有奇篇
仙砚一方文思泉涌
书稿未成墨池未干
跃然纸上孙悟空
齐天大圣美名传

笔已秃

墨已涸

一部名著惊天下

再来把酒酬仙砚

小蓬莱

石海也是海
海上有仙山
名曰小蓬莱
云雾缥缈间

《西游》并无小蓬莱
源自板浦《镜花缘》
吴承恩
李汝珍
一地双星耀文坛

云台山水好
大海有奇观
神奇浪漫花果山
文思如涌泉
两本名著并蒂花

《西游记》与《镜花缘》

写尽天下神奇事

如椽笔

天下传

谢老塔

曾经的花果山

杳无人烟

曾经的花果山

荒芜一片

四百多年前

姓谢的老人一个义举

成就了花果山的蔚为大观

毁家建起三元宫

以工代赈救活灾民千万

筑城修渡防倭寇

山民的事情常挂牵

花果山的开山鼻祖

功德无量大圆满

慈圣太后多感动

亲赐紫衣到山间

从此荒山秃岭百花妍

巉岩荒岛

化为洞天福地

亭台楼阁

恍若海上仙山

数年后

《西游记》有了原型

只待吴才子再开新篇

一线天

大自然的造化如此神奇
两座巨岩仅留一丝裂隙
人在夹缝之中
匍匐挣扎
就像生活
不容你有半点喘息

当你艰难走出来
才发觉外面世界的神奇
山风阵阵吹来花香
白云片片擦去汗迹
不要总是盯着脚下
抬头方见长空万里

我看青山多妩媚
青山给我多启迪

即便是天生一线

也要寻一线生机

换种方式看人生

自有一片新天地

义僧亭

抗日烽烟起
云台有义僧
保家卫国匹夫有责
壮哉中华人

敌机狂轰滥炸
庙毁佛亦蒙尘
同仇敌忾杀顽寇
鲜血遍洒草色青
出家未出国
大义天下行
面对屠刀何所惧
笑傲鬼神惊

青山依旧在
祖国日日新

不忘家国恨

峰峦立斯亭

焚香一炷青烟起

众愿遂

慰群英

玉皇阁

和玉帝皇室沾边
总是那么气派
高耸峰顶上
檐飞云天外
晨迎八面来风
夕送晚霞云彩
只是不知玉皇大帝
何时归去来

本是孙大圣的地盘
玉帝为何要把谱来摆
两人素来不睦
曾几何时
天上地下
斗的死去活来

春天到了百花开
山上山下人如海
玉皇阁里静悄悄
耳边似乎有人喊
莫走，玉帝老儿

云雾茶

花果山上多云雾
云山雾罩有佳木
山产名品云雾茶
茶园藏在云深处

名山出名茶
赖有山青和水绿
天风海雨勤滋润
云雾香一缕

茶香春来早
漫山采茶姑
手勤翻飞燕
山歌随口出

好茶须好水

惠心泉水注

一杯新茶沁心田

振双翼

壮肺腑

照海亭

倚天照海花无数
苏东坡在这里驻足
留下如此精美的诗句

这里曾经浩海无边
波涛汹涌
浪大风急
暗夜深深亭高耸
一根蜡烛
照亮天和地
也许这是最早的灯塔
护佑着归航的渔民
那是心头的一盏灯火
点燃美好生活的希冀

如今这里再无大海

山花烂漫

风和日丽

空留一座照海亭

勾起无数的游人

对一位诗神的回忆

自在天

闹中小院静
佛名自在天
粉墙覆黛瓦
绿树风自来
自在天里寻自在
飘然红尘外

人生多烦恼
万事究可哀
衣食住行皆不顺
柴米油盐难释怀
处处多碰壁
自找不自在

凡人自有烦心事
看破红尘樊篱开

春有百花夏有月

秋有凉风东有雪

斩断烦恼丝

便有大自在

三

倒座崖

花果山上奇事真多
一部《西游》哪堪琢磨
观音都是坐北朝南
这儿的观音偏偏倒座

观音本是悟空偶像
一声观音姐姐
叫的何等亲热
观音更是孙悟空救星
五行山下救之于水火
西天迢迢取经路
逢难必出手
遇险除危厄
甘霖一滴情意重
毫毛三根关心多
大恩大德何时报

大慈大悲意如何

花果山上倒座崖
个中缘由有传说
北面猴石耸然立
有求犹有甘霖落

飞来石

凌空飞来一块石

耸立悬崖边

风吹颤巍巍

几疑坠深渊

伸手似可探

抬脚心胆寒

风景绝佳处

鸟飞人难攀

此石有缘故

《西游记》中记开篇

传说猴石迸裂时

金光闪处飞石溅

一块落成飞来石

兀然挺立天地间

横空出世美猴王

此石原本有猴缘

飞来石旁猴子多
石顶唯独猴王占
不见齐天大圣来
猴王霸气也惊天

佛　光

曙光初照

云海茫茫

天际混沌处

忽见一圈佛光

飘飘渺渺

游游荡荡

有佛在光中闪动

光芒照射四方

佛光普照

天降吉祥

千载难逢谋一面

风吹云散时

光影又如常

山中见佛光

徜徉云海上

忽见佛光之中那尊佛

竟是你的模样

你动他也动

禅机费猜详

忽闻僧人说

心中有佛在

心便有佛光

你就是一尊佛

佛在心中藏

江苏最高峰

六百三十五米
花果山真的不高
但有仙则灵
孙悟空的故事
传遍了天涯海角
上可九天揽月
下可龙宫寻宝
要论垂直高度
孙大圣一个筋斗
谁也比不了

站在玉女峰上
一览众山小
只有大胆识大气魄
才有做人的大情操
敢将天庭踩在脚下

才有孙大圣的心比天高

孙大圣说过
高度只是一个相对概念
山高我为峰
天高我更高

遥镇洪流

海中有仙岛
美名云台山
大海扬波涛声急
樯桅争泊处
险路不须看

康熙皇帝欲游山
风高浪急行路难
畏险途
遥镇洪流赐牌匾

岁月匆匆过
沧海变桑田
海退百里外
坦途车马喧
人流如过鲫

海岛成仙山

御制手书岩上刻
恍惚忆流年
山中又是百花艳
先帝尚记旧游否
魂相牵

王母瑶池

山中一枚碧玉
满池绿波荡漾
吸收天地之精华
凝聚成一滴圣水
亮丽如天镜
水色耀虹光

王母瑶池
是西王母居住的地方
如今亭台楼阁皆不见
瑶池水畔引遐想
曾经一场蟠桃会
得罪了美猴王
吃光了满树蟠桃
打翻了玉液琼浆
天兵天将齐声喝

仙境瞬间变战场

逝水流年过
瑶池仍是旧时模样
花果山上又有蟠桃熟
神仙不见了
唯有游客尝

迎曙亭

曙光初照

玉女峰上

踏遍青山人未老

游人如织

都夸风光好

登高望远千里目

彩霞分外娇

看山数峰青

一览众山小

看海天尽处

一线烟波浩渺

试问君

涛声可曾听到

古人云

看一轮初上
始知身在日边
刹那间
已是霞光万道

玉女峰

苍山如黛，
斜阳夕照
阶梯参差
石栏遍绕
这是亭亭玉女
回家的路径
彩霞天边远
长路迢迢

多年以后
再也不见玉女的踪影
这里成了猴子的窝巢
只有那一方瑶池之水
将一轮冷月孤独地映照

只待风清日丽

放眼北望

浩海扬波

巨舶千艘

大港新貌

四

龙池涧

一定是龙的栖身之地
不然为何乌云翻滚
一条长长的山涧
蜿蜒曲折
高低起伏
恰似龙的化身

平日里溪水潺潺
是龙愉快的低吟
风雨中
电闪雷鸣
听得见龙啸声声

终于，暴雨如注
涧水泛滥汹涌
一泻千里归大海

山涧中一片虎跃龙腾

定睛细看

一条巨龙扶摇直上

地塌天崩

麋夫人故里

三国时代战乱起
刘备兵败徐州
一路溃逃云台幽谷
幸有麋竺收留
赠你资财上万
送你家丁千口
更将妹妹配英雄
姻缘刘益州
柳暗花明疑无路
绝处逢生恩难酬

东山再起日
征战未曾休
跋山涉水经生死
日夜随军走

长坂坡上鏖战急
神勇子龙孤身救阿斗
糜夫人以身殉天下
英名冠九州

三磊石

三石为磊
东磊
因此而名
三块天然巨石
层叠而上
相倚相拥
一个磊字浑然天成

看似倾斜如倒
其实落地生根
山风吹来欲相扶
奈何岿然不动
风霜雨雪千万年
阅尽人间春色
淡定且从容

磊石风景好
更有内涵深
磊磊落落四个字
石上镌刻分明
磊石是我师
教我学做人

石　海

大自然的佳作
石头的海洋
这里曾经海水汹涌澎湃
春潮滚滚风吹海浪
横无际涯
浩浩汤汤

时光瞬间戛然而止
大海顿时凝固成一片石海
漫山遍野汇成石头的汪洋
再也听不到海风的呼啸
只有山风轻吟
满坡花香

再好的造园师也叹为观止
石海、石涛、石潮、石浪

人在此山中
宛如驾一叶小舟
谈笑风波里
扬帆大海上

石 门

两扇石门从不闭

石门为谁而开

绿竹青青

半掩门外

芭蕉几株

叶肥花五彩

一泓山泉溢出

叮咚作响

蕉石鸣琴

天籁之音传自天外

都说门里有玉女的洗头盆

眼见盆里水清如许

轻声问一句

玉女何在

是在瑶池戏水

还是在闺房描黛
痴心等你为何总不来

石门为谁而开
人间仙境
等你进来

太阳石

一轮太阳升起
一轮在天上
一轮在石上
天上的太阳光芒万丈
石上的太阳颇费猜想

是少昊先民的图腾崇拜
还是旸谷祭祀太阳的地方
或许是一部东方天书
多少专家学者总说不周详

太阳、小鸟、棋盘、星光……
神奇的符号
粗陋的线条
让人过目难忘
正是一个个难解之谜

才懂得什么叫畅想

即便答案几分幼稚
许多年也猜不到真相
但最终的谜底
就是寻找智慧的方向

延福观

青山做你的围屏
绿水是你的前庭
三官巍然而坐
白云飘然过
有一缕清风

一道石阶差参而上
有三五人家
几户炊烟袅袅
狗吠鸡鸣声声
方知什么是人间天上
神仙和村民
住得如此相近

山下曾经是茫茫大海
门前的平台水月

等待一轮明月初升
山高水远
几分冷清
唯有几株千年玉兰
不知寂寞
开得如此繁花茂盛

玉兰王

花开花落上千年
风风雨雨过眼前
花开朵朵飞白鸽
花落片片风吹燕

全国最大的玉兰花王
港城的市花
家乡的名片
王者之气不自骄
一树繁花甘奉献
多少仰首倾慕
多少啧啧赞叹

东磊山中有玉兰
品格自清高
超凡脱俗颜

每年三月花开日

万朵花开争烂漫

都夸玉兰好

清气满人间

五

洪门寺

山中一座洪门寺
巍峨耸立在山腰
菩萨显慈祥
香火多缭绕

岂知庙里出了个花和尚
仗着皇亲乐逍遥
抢财掳女做坏事
民怨沸腾却没招
地道修到海州城
官府来捉闻风逃

海州州官卫哲治
刚正不阿品德高
上书皇帝不管用
心有妙计施奇招

智耙和尚头

百姓赞声高

为民请命无畏惧

口碑更比丰碑好

孔雀沟

山中湖泊美如画
孔雀展彩翎
彩翎原是山中花
珍贵树种满沟壑
奇石怪洞在山崖
一汪湖水如明镜
倒映天边五彩霞

一条石阶路
住户三五家
都是林场护林员
森林防火责任大
大雪封山路难行
断水断粮最可怕
全靠肩挑人扛
雪中爬上爬下

昔日荒山秃岭

今天万树千花

山美水美人更美

造林人

犹可夸

孔雀湖

棠梨沟

老窑沟

涧水顺流而下

在山底会合

两条山溪形成"V"字

多像孔雀硕大的尾巴

山溪汇水成湖

孔雀湖

一汪碧水如诗如画

四围都是青山

高山湖水格外静谧

难怪人称小香格里拉

湖边的楸树林

高大挺拔

湖边的山峰

万丈悬崖

湖满渠平时
一股清流夺路而出
滋润着山下的万亩良田
村里的百户人家

流苏树

千年流苏王
山中沁芬芳
花开白云一片
满山闻芳香

最奇雌雄同株
相亲相爱榜样
一抱就是上千年
彼此不分手
依偎度时光
堪称夫妻树
惊天动地爱一场

流苏俗称糯米茶
泡茶自有糯米香
三月春风起

山民采摘忙

劳累之余泡一壶

喝一口

滋味长

骆驼石

既不是西域沙漠
也不是茫茫戈壁滩
莽莽丛岭中
有一只骆驼
静卧林海青山

没有驼铃叮当作响
没有想象中的风沙满天
是谁牵你到这里
与山花为伍
与百鸟作伴
显得那样格格不入
分明两重天

从不吃身边的嫩草
也不饮清澈的山泉

缄默成一尊雕塑
无声也无言

再好的风景
却无动于衷
再好的夸赞
也不屑睁开双眼
眼中充满对征程的渴望
心中永远向往
大漠浩瀚

石干妈

孔雀湖边

有一处山崖

一峰凸起

无论是石头的轮廓

还是纹理

都是一位慈祥的老妈妈

蚀刻累累

苔痕斑驳

那么饱经风霜

走过多少岁月年华

附近的村民

有了新生的婴儿

都要来认石干妈

据说可以消灾避祸

平安长大

我不想说这是一个迷信
对未来有美好憧憬的人
命运都不会太差

知青林

知青，一个历史的名词
让多少人终生难忘

上世纪六十年代
知识青年下放
到祖国最需要的地方去
一批来自南京、苏州
年青的学生
来到南云台林场
他们以火一样的热情
誓将荒山改变模样

种树、施肥、剪枝……
一棵棵松树苗壮成长
他们也与松树一道
经风雨

沐阳光

如今知青已返回故乡
小松树长成了栋梁
知青树已蔚然成林
多少人回忆
那逝去的美好时光

六

藏龙洞

都说渔湾卧虎藏龙

果然渔湾有个藏龙洞

一条水帘遮住了洞口

终日寒气逼人

时有喷云吐雾

据说有行人路过

常常不知所终

神龙见首不见尾

本应龙飞凤舞

为何却要藏匿洞中

如此生性胆小

究竟是龙是虫

那天忽有乌云压顶

惊雷一声天地动

一条巨龙腾空而起
地裂山崩
古人说蛰龙莫惊眠
惊眠—啸动千山

金鸡石

渔湾的早上

从雄鸡报晓开始

太阳刚一露头

所有的公鸡齐鸣

唯有一只与众不同

呆若木鸡

无动于衷

鸡族都说它没用

据说很早以前

这里遍地虎豹狼虫

特别是有一种大蜈蚣

残害生灵四处逞凶

忽然有一只金鸡飞来

铜嘴铁爪双眼瞪

一共吃了九千九百九十九条蜈蚣

从此害虫绝迹
百姓得安宁

人人都说渔湾
有一只金鸡
不鸣则已
一鸣惊人

巨佛像

都说佛从海上来
渔湾
是离海最近的地方
因此有了佛
有了一尊佛的精美造像

绝非人工雕琢
大自然是最优秀的能工巧匠
佛的庄严
佛的慈祥
形神逼真
仪态万方
说是旅游胜地
分明是菩萨的道场

没有香火缭绕

没有飞檐斗拱的殿堂
其实佛不需要那么多排场
只要佛在山中
佛在每个人的心上

老龙潭

一百尺的瀑布
自天而降
老龙潭碧水一汪
跌水之声击破了耳鼓
虎啸龙鸣
声震远方

三龙潭
水波不兴温文尔雅
二龙潭
伏首低吟其貌不扬
老龙潭
雷霆千钧豪情万丈

龙生九子
各有不同

既然是龙就应气势如虹
既然是龙就应九天翱翔
老龙潭
是龙族的榜样

龙 床

这么大的一块石头
好大的一张床
方方正正
光洁平整
四周涧水淙淙流淌
龙睡在上面
一定舒服无比
一夜睡到天亮

都说海是龙世界
渔湾曾经海水茫茫
或许龙宫太寂寞
山上有鸟语花香
龙潭美美洗一澡
龙洞几多阴凉
龙泉水又香

多想夜半来渔湾
在龙床上睡一夜
走进龙的梦乡

上天梯

天梯是给凡人用的
孙悟空上天
只是一个跟头的距离
才知道
凡人上天真得有梯
只是很陡
台阶更有千万级

天上有多好
那么多人排队拥挤
瑶池再好
只是西王母的宫阙
蟠桃好吃
也只特供玉帝

孙悟空说

天上再好
也没有花果山好
那是天上下来之人
总结的真谛

神鱼化龙

龙之头

鱼之身

神鱼化龙的金色故事

在渔湾的山中发生

东海有大鱼

立志做一条龙

终于跳过了龙门

是做一条默默无闻的鱼

还是做呼风唤雨之龙

渔湾门前一尊雕塑

拷问每一个进门的游人

谁不想踏入龙世界

但龙门难逾越

高耸入云

并非所有的鱼都能化龙
做龙就翱翔九天
做鱼也要做一条勤奋的好鱼
激流勇进

锁龙桥

十八条青龙
喷云吐雾
一道锁龙桥
挡住游人路
水帘满天皆甘霖
平添多少情趣
人在桥上走
山间美景处处

锁龙桥
锁不住
腾云驾雾的梦想
锁不住
对高天流云的情愫
一条山涧何其小
只有挣脱封闭的枷锁

才能迈开
上天入地的脚步

山光水色固然好
人不停
脚莫驻
过了上天梯
方见漫天龙飞舞

七

大雾崖

风雨弥漫

大雾锁涧

三面悬崖鬼神愁

一条小路蜿蜒

欲入天庭远

且有天兵天将当关

难上难

曾有捻军起事

天下兵荒马乱

大雾崖上筑石城

只闻雾中人声语

山路隐约都不辨

知难兵马退

百姓保平安

历史烟云已散尽
大雾崖上看风景
春光无限好
换了人间

鬼关门

不是鬼门关
而是鬼关门
花果山上一片石崖
阳光照不到
风雨吹不进
阴森森
黑沉沉
这是大鬼小鬼的天下
四处游荡摄人心魂
人从这里走过
头皮直发麻
胆战又心惊

直到孙大圣掌管山林
发誓为民除害
要把大鬼小鬼全杀净

大鬼斧头砍

小鬼用油烹

吓得鬼们不敢出

一扇石门关得紧

从前鬼门关

如今鬼关门

大鬼小鬼出不来

人间永安宁

镜子石

三尺八寸高
好大的一面镜子
空照不见人
却能照见人心

人有千般模样
心也各有不同
忠诚的应是红心
贪婪的定是黑心
善良的是好心
害人的是坏心
你的心眼大小
全都见分明

走过镜子石
很多人不敢久停

大庭广众之中
谁有勇气坦露真心

镜子石是最真实的写照
在它面前
你的心无处遁形

娘娘庙

一部《窦娥冤》
孝心动天下
六月天上飘飞雪
满场多少泪花

花果山下娘娘庙
庙门虽小名气大
窦娥称呼改娘娘
庙台高耸有新家
凡人尊为神
德行众人夸
从此香火烟缭绕
门外几多车马

家和万事兴
时代有新风

传统美德今犹在

和谐社会遍中华

娘娘庙中人潮涌

千古奇冤成佳话

沙僧石

在《西游记》中
你的关键词是
忠厚
老实
听话
肩挑西天取经的重担
翻山涉水
两肩霜花
即便是凝固成一块山石
也是行色匆匆
历经一番番春秋冬夏

孙悟空几分狡黠
猪八戒懒惰心花
唯有你最吃苦耐劳
既要挑担

还要牵马

遇到厉害的妖精

一柄月牙铲忙上忙下

曾经的天宫卷帘大将

后来的南无八宝金身罗汉菩萨

若评西游好人榜

还是数你老沙

太白涧

李白斗酒诗百篇
行旅留痕太白涧
山中存遗韵
醉卧石上眠

诗仙已经匆匆行远
此地空留太白酒店
慕名而来寻仙迹
犹闻当垆女笑声喧
一缕酒香绕山前
未饮已半酣

太白涧中美景多
溪水唱歌青山妍
大雾崖上石城立
古树倒映乌龙潭

百花香飘太白石
镜子石中看神仙
山中多流连
景色细细看

太白酒店

见过多少太白酒店
没见过这一家如此简陋
石屋石桌石凳
藏在大山中
云深不知处

虽然从未开张
当地人人都懂
从没摆过筵席
名气堪比高档酒楼
镇上酒店几十家
太白酒店历史最悠久

山中为何有此酒店
名称来历有缘由
李白曾经来过这里

在此写诗喝酒
从此百姓难忘怀
一间山中石屋
太白酒店叫出了口

打这以后
一家永不开张的酒店
从此记挂心头

八

蝙蝠山

紫气东来
福气满天
多么吉祥的名字
神奇的蝙蝠山

山上的石门为谁而开
门内的仙境忽隐忽现
蝙蝠仙女亭亭玉立
外出的情郎
何时把家还
最为惊叹的是那只蝙蝠蛋
滑溜滚圆
谁能上去摸一下
就会福气满满

蝙蝠山

注入中国福文化的内涵

恩泽十里八乡

护佑四方百姓

福在人间

即林园

花果山下

有一座古老的园林

花草繁茂

庭院深深

一条山涧园中流过

亭台楼阁

修竹掩映

吴氏家族几代人的心血

代代苦心经营

可惜已经破败不堪

荒园一片无人问津

忆当年即林园几多美景

吴承恩俨然座上客

游山玩水文人雅兴

这里发现他的遗稿书信

花果山留下几多履痕

尽管即林园风光不再
《西游记》中的仙境
这里是原型

梳头崖

遥望溪云山顶

人迹罕至处

可见一名梳头的女子

因此叫梳头崖

有人说她就是玉女

长的貌美如花

天生爱梳头

从早梳到晚

总不见停下

甚至面前的梳妆盒中

石梳石镜都一个不差

多少人痴痴望着山顶

一脸的呆傻

多少人冒险上山

结果却跌落山崖

如今玉女还在梳头崖上
一天一天地梳头
梳出很美的
那一头飘飘的长发
不信你走到半山腰
有一缕发香飘来
那么清新淡雅

田横岗

三面环海
疾风吹浪
一面临山
巨石成墙

一抔黄土的田横墓
诉说着曾经的悲壮
宁死不肯称臣于汉
英雄难辱自刎首阳

田横岗上乌云压顶
隔峰山顶惊雷炸响
五百义士愤然蹈海
侠肝义胆山海激荡
忠魂今犹在
浩气满山岗

五百个男人的呐喊
至今还在群山回响
从此
一个关于气节的故事
四海传扬

五洋湖

大海东退
浅浅的海湾成了泻湖
有五块礁石形似五羊
这里称为五羊湖

曾经汪洋一片
渔民湖中打鱼捉虾
生活安定而富足
终于湖水干涸
湖底成了千亩沃土
农民开荒种粮
春天播种秋收五谷
如今这里开发新区
不见千顷湖水
厂房连片
群楼高矗

沧海现桑田
历史可追溯
五羊湖
是一位见证者
时代永不停步

云门寺

云门
云出入之门
老人们说
一旦有云从门里此飘出
就会天降甘霖

大旱之年
庄稼颗粒无收
人畜饥渴难忍
村民在云门寺
烧香祈愿
但云门紧闭
飘不出一缕云

终于有一年
村民在云门下修建了水库

石坝高耸

碧水清清

再无旱情之忧

云门寺里香火冷

从此云门里

是否还有云彩飘过

已经没有人关心

大家心中明白

靠天靠地不如靠人

云中涧

好有诗意的一个名字

云中涧

云中的一条山涧

从天而降

跌落人间

流下的应是银河之水

难怪这么晶莹剔透

清冽甘甜

也或是瑶池中的玉液琼浆

喝了以后

自会飘然若仙

既然是水的世界

这里的地名都与水有关

神泉、滴水崖、天泉瀑布

珍珠瀑、莲花池、白龙潭……

水从云中来
白云挂天边
水从仙境来
仙境在人间

后 记

诗心未泯。

敲出以上四个字，算是对我最近写作状态的一种描述。

上世纪八十年代，作为一名文学青年的我迷上了写诗，白天黑夜沉浸在诗的世界。经常一个人跑到工厂车间的大楼上，对着天空发呆，头脑中流淌着的是一些不成行的诗句。

写出一两首自认为是不错的东西，就买几张邮票，连同希望塞进铸铁做成的绿皮邮筒。

那时写诗的朋友很多很多，诗的世界那么令人神往。

估计寄出去的诗稿够塞满一整个绿皮邮筒的时候，一家新闻单位向我抛出了橄榄枝，调我去做副刊编辑，这会让我失去其他的梦想，但我义无反顾，因为文学会让人痴迷。

再后来，副刊编辑不做了，改成完全的新闻工作者。新闻，成了我的主业。

媒体是一个很耗精气神的工作，写稿、编辑、画版、校对……有创新，但更多的是重复，总之很不浪漫。

新闻不屑与浪漫为伍，浪漫也不愿与新闻为伴。

虽然也常参加一些有关诗歌的活动，但总是若即若离，总觉得离诗和远方是越来越远了。

前不久，一位在京城出版界的朋友打来电话，说正在编一个系列的诗集，问我有没有兴趣参与，我便一口应诺下来。因为我对诗的那一份念想，也可以说是诗心未泯。

连云港是个极其美丽的城市，有山有海，山海相拥。山的秀丽与海的浪漫成为港城最美的一道风景线。

我特别钟情花果山，神话传说与自然风光交相辉映，成就了名著《西游记》，成就了AAAAA级景区，成就了连云港一张闪亮的名片。

于是，我试着用诗歌的形式来写那些引人入胜的景区景点。每个景点后面都有传奇的故事，每个景点后面都有美丽的风光。

终于，写出了这本诗集《神山行旅》，共一百首。

神山，自然是花果山。神，是花果山的关键词，山上那个收录吉尼斯大全的全国最大的"神"字，就说明了这一点。

在诗的风格上，我采取的是一种古体诗和现代诗相结合的形式，押大致的韵。文字风格力争做到平白晓畅，清新自然。

诗集的分类，是按花果山几个景区划分的。其中一是花果山下景区，二是山中景区，也是花果山的核心景区，三是山顶景区，四是东磊景区，五是孔雀沟景区，六是渔湾景区，七是朝阳景区，八是中云景区。

感谢朋友陈武，让我重燃对诗歌的热情。

感谢诗歌界的朋友，始终没有忘记我，提携我。

感谢我的家人，在我写作这本诗集时，对我关心备至。

2018年12月15日